D0950566

Stin

Ilustraciones de
Peter H. Reynolds

K y los tenis más apestosos del mundo

Megan McDonald

ALFAGUARA

Título original: *Stink and The World's Worst Super-Stinky Sneakers*
Publicado por primera vez por Walker Books Limited, Londres SE11 5H

2105 NW 86th Avenue
Miami, FL 33122, USA

www.santillanausa.com

Maquetación: Silvana Izquierdo
Adaptación para América: Isabel Mendoza y Gisela Galicia

Aguilar, Altea, Taurus, Alfaguara, S.A. de Ediciones
Beazley, 3860. 1437 Buenos Aires. Argentina

Editorial Santillana, S.A. de C.V.
Avda. Universidad, 767. Col. Del Valle
México D.F., C.P. 03100. México

Distribuidora y Editora Aguilar, Altea, Taurus, Alfaguara, S.A.
Calle 80, nº. 10-23. Santafé de Bogotá. Colombia

Stink y los tenis más apestosos del mundo

ISBN–10: 1-60396-195-X
ISBN–13: 978-1-60396-195-0

Published in the United States of America
Printed in Colombia by D'vinni S.A.

Para Eric y Luke

M. M.

Para tres "niños grandes"
que todavía recuerdan lo que es
ser un chico: Jess Brallier,
David Samuelson y Barry Cronin

P. H. R.

ÍNDICE

Cosas
asquerosas

¡Qué hediondez!

¡Qué fetidez!

¡Qué "apestink"!

Stink Moody estaba emocionado. Estaba feliz de ir a la escuela. Sería el mejor día para todos los de segundo grado; el mejor día sin duda para la clase de Segundo D; quizá el mejor día en todo el mundo, y posiblemente el mejor día de toda su vida.

La maestra Dempster llevaría a Stink Moody y a toda su clase de excursión. Una excursión "aromática". ¡Al lugar más asqueroso del mundo!

La clase de Segundo D visitaría la exposición "Cosas asquerosas" organizada por el Museo de Ciencias. Y Stink tenía la sensación de que aquélla sería la excursión más olorosa y apestosa que jamás había hecho.

Ya en el autobús, Stink se acomodó entre sus dos amigos, que no olían a nada: Webster y Sofía de los Elfos (en realidad se llamaba Elizabeth, pero no le permitía a nadie que la llamara así).

—Oigan, chicos, ¿sabían que un ser humano puede captar unos diez mil olores? ¿Y que oler menta hace más inteligentes a las personas? —dijo Stink.

—¡No inventes! ¿De dónde sacas eso? —dijo Webster.

—A mí me encanta el helado de menta —dijo Sofía—, así que debo de ser brillante.

—¿Cómo sabes tanto de olores? —le preguntó Webster a Stink.

—Pues porque él es Stink el "apes-tink" —bromeó Sofía.

—No, ya, en serio —replicó Webster.

—Bueno, recuerda que leí todo el tomo O de la enciclopedia: oler, olor, oloroso... Y los libros no mienten, y mucho menos la enciclopedia.

@ @ @

La clase de Segundo D siguió a su maestra hasta la entrada de la exposición. Stink tuvo que agacharse para pasar entre dos enormes labios rojos feísimos y unos terribles dientes gigantes que adornaban la entrada a "El maravilloso mundo de los olores".

¡Húmedo! ¡Resbaladizo! ¡Maloliente! ¡Pegajoso! Se oían hipos y ronquidos en todas las direcciones y se veían luces parpadeantes por todos lados. ¿Por dónde empezaré? ¿Por la Máquina de Vómitos? ¿Por los Gases Musicales? ¿Por el Medidor de Eructos?

Stink no se decidía.

—Creo que por aquí, en alguna parte, hay una nariz gigante —les dijo Stink a

COSAS ASQUEROSAS
EL MARAVILLOSO MUNDO DE LOS OLORES
ENTRADAS
BAÑOS

sus amigos—. Vi la foto en el periódico.

—Para eso no cuentes conmigo —dijo Webster—. Donde hay narices gigantes, suele haber...

—¡MOCOS gigantes! —exclamaron Sofía de los Elfos y Webster al mismo tiempo, estremeciéndose sólo de pensarlo.

—Pues yo voy a empezar por esa nariz gigante —dijo Stink.

—Pues yo no —dijo Webster.

—Yo tampoco —dijo Sofía.

—Bueno, entonces nos oleremos más tarde —dijo Stink partido de la risa.

¡Los asquerosos datos de Stink!
¡LISTOS, FUERA!
¡LOS ESTORNUDOS VIAJAN A LA VELOCIDAD DE UN AUTO!
40 millas por hora
El estornudo más rápido cronometrado iba a 100 millas por hora.
¡AAATCHUSSS!
NO ES BROMA
Auto-estornudo 3000

Como pez en el agua... ¡pútrida!

Stink emprendió su solitaria expedición a la nariz gigante. Fue atacado por enormes pelos de nariz, se asomó a una fea garganta llena de bultos y atravesó patinando el salón de los mocos. Allí se enteró de cómo se fabrican... Nada agradable, la verdad.

—¿Te estás divirtiendo? —le preguntó la maestra Dempster.

—¡Sí, maestra! Me siento como pez en el agua... ¡pútrida! —contestó Stink —. Y además, estoy aprendiendo muchas cosas —añadió. A los mayores les gusta eso de "aprender". Les encanta pensar que estás aprendiendo algo, sea lo que sea.

La maestra sonrió.

—Stink, parece que estás muy interesado en el sentido del olfato. A lo mejor te gustaría visitar la sección "Olores Corporales". Nadie quiere acercarse por allí.

La maestra se tapó la nariz y negó con la cabeza.

—¿Será muy maloliente? —quiso saber Stink—. ¿Dónde es? Creo que me atreveré a ir.

La maestra señaló el extremo más lejano del lugar. Stink se fue hasta allí y leyó las instrucciones.

—"Empareja el olor con la parte del cuerpo que lo produce" —leyó Stink y, antes de que cantara un gallo, tenía a toda la clase a su alrededor.

—¡Eh, oigan todos! ¡Stink va a olfatear olores corporales! —gritó Webster.

Stink no estaba muy seguro de que fueran a gustarle los olores corporales. Pero no quería quedar mal delante de Webster y de toda la clase. Así que se armó de valor, se inclinó, puso la nariz directamente sobre la botella y la apretó.

Aspiró, arrugó la cara, se agarró el pecho y cayó tendido al suelo.

—¡Huy...! —exclamaron todos en un tono que sonó como un hondo suspiro.

—¡Ja, ja, ja! ¡Los engañé! —se rió Stink, poniéndose en pie de un brinco.

—¿A qué olía? —preguntó Sofía de los Elfos.

—¡A pies! —dijo Stink—. No era tan

¿A QUÉ HUELE?
SOBACO
HUEVO PODRIDO
ZORRILLO
FESTIVAL DE FLATULENCIAS
de SALIVA
APRETAR LA BOTELLA Y aspirar profundamente

malo. Olía a pies sudados, como huelen los calcetines cuando te quitas los zapatos.

—Suena asqueroso —dijo Webster.

Stink apretó la botella siguiente.

—¡Guácala! Ésta huele a cebolla. Y un poco a ajo. ¡Uuff! Mal aliento —dijo Stink, abanicándose la nariz con una mano—. ¡Aaah...! Y ésta huele como mi camiseta de fútbol después de un partido... ¡A sudor!

—¡Olores corporales! —gritó alguien—. ¡Y acertó en todos! ¡Es muy bueno olfateando! ¡Y ni siquiera se mareó!

Cuando Stink terminó con los olores corporales, pasó a las siguientes pruebas: ¡Huevos podridos! ¡Basura! ¡Perfume! ¡Naftalina! ¡Zorrillo! ¡Aliento de perro!

¡Pescado descompuesto! ¿Brócoli podrido?

Stink olió y olfateó cerca de una docena de distintas cosas malolientes. Arrugó la nariz varias veces, pero adivinó todas.

—¡Uuf! ¿Cómo lo hiciste? ¡Identificaste todos! —se asombró Webster.

—Sólo dejé trabajar a mi nariz —dijo Stink, levantando orgullosamente su experto órgano nasal.

—Siempre has sido un narizotas —se rió Sofía de los Elfos.

—Algunas personas tienen un excelente sentido del olfato —explicó la maestra Dempster.

—Yo también estoy oliendo algo —dijo Sofía de los Elfos—. ¡Hamburguesas!

—¿Cuándo vamos a comer? —preguntó Webster—. ¡Me estoy muriendo de hambre!

La clase de Segundo D se sentó en unas mesas de madera, al aire libre, y todos se

comieron su sándwich. La maestra Dempster repartió un folleto que anunciaba un concurso de "tenis apestosos" que se iba a realizar en dos semanas.

Stink leyó el folleto.

—¡Guauu! ¡Miren esto! ¿Puede apuntarse cualquiera?

—Cualquiera que tenga unos "tenis apestosos" —dijo la maestra, riéndose.

—Los de Stink son los peores —dijo Webster, apartándose de Stink.

—Mis tenis olían tan mal hoy que me tuve que poner mis botas —dijo Sofía de los Elfos, mostrando sus botas de lunares—. Creo que yo puedo ganar.

—Mis tenis seguro les ganan a los tuyos por mucho —afirmó Stink.

—¡Nunca los has olido! —protestó Sofía.

—¡No, pero lo sé! —dijo encogiéndose de hombros (en realidad no estaba tan seguro). Sus tenis "tenían" que ser los más fétidos; pero ¿y si los tenis de Sofía eran aún más superapestosos? O peor que eso, ¿qué tal que sean archirecontrapestosos?

—Bueno, creo que a mi hija le encantaría participar en ese concurso de "monstruos del olor" —dijo la maestra Dempster, marcando comillas en el aire con los dedos—, así es como llamamos a sus tenis. Me gustaría verlos en ese concurso dentro de dos semanas, chicos.

Luego, la maestra preguntó a todos qué habían aprendido en la visita a la exposición "Cosas asquerosas".

—Yo aprendí que hasta las morsas tienen caspa —dijo Elisa.

—Yo aprendí la letra de la canción de la diarrea —añadió Patrick.

—Bueno, no nos la cantes hasta que no terminemos de comer —rogó la maestra Dempster.

—Yo aprendí que no es de buena educación echarse un gas en público —dijo Jordan—, lo mejor es irse a un lugar alejado.

—Yo aprendí que escupir es una grosería —dijo Riley.

—Yo aprendí que hay más bacterias en nuestra boca que gente en Australia —dijo Sofía de los Elfos.

—Yo aprendí que Stink es el mejor olfateador del mundo —dijo Webster.

—Deberíamos llamarle "La Nariz" —dijo Sofía de los Elfos—. Yo creo que olfatea mejor que un perro sabueso.

—¡Mejor que una hormiga! —dijo Stink. Y todos lo miraron un poco sorprendidos—. Una hormiguita tiene cinco narices —aseguró Stink, asintiendo con la cabeza y golpeándose suavemente la nariz—. ¡No es broma!

¡Los asquerosos datos de Stink!

¡UN CUARTO DE MILLÓN DE PORQUERÍAS!

¿Sabías que un solo pie contiene 250,000 glándulas sudoríparas que producen hasta dos tazas de sudor al día?

¡Por eso huelen tan mal los tenis!

Stink
Supernariz

¡Hogar, dulce hogar! —exclamó Stink al entrar por la puerta principal de su casa.

—¿Qué tal la excursión? —preguntó mamá.

—¿Te refieres a mi viaje oloroso? —preguntó Stink. Sacó de su mochila el folleto que anunciaba el concurso de "tenis apestosos" y se lo mostró a su mamá.

—Lo que a mí me parece realmente apestoso es que Stink haya ido a ese Museo Oloroso y Asqueroso, y yo no —dijo Judy.

—Fue muy divertido. Hice un fétido recorrido. Y aprendí que muchas cosas son de verdad apestosas.

—¿Como qué aprendiste? —quiso saber Judy.

—Como que cada persona tiene su propio olor, menos los gemelos, que huelen igual. ¿Y sabes qué? Podemos oler hasta cuando estamos dormidos, y... ah, sí, que una polilla "niño" puede oler a una polilla "niña" a más de una cuadra de distancia.

—Pero si es el mismísimo señor Narizotas —dijo Judy.

Stink levantó su experta nariz y preguntó:

—¿Se está quemando algo?

—¡Aaay! —exclamó mamá, y salió corriendo hacia la cocina para bajar el sartén del fuego. Abanicó el humo con la

mano—. Les estaba tostando unos sándwiches de queso, chicos.

—Pues tus sándwiches de queso se tostaron —comentó Judy riéndose.

—Menos mal que sentiste el olor a quemado, Stink —dijo mamá.

—Es todo un detector humano de incendios —se burló Judy.

—En el museo, los chicos de mi clase me pusieron el apodo "La Nariz" —dijo Stink, acariciándose la ventanilla derecha de su órgano olfativo—. Hoy descubrí que puedo distinguir muy bien los olores, mejor que el resto de mi clase. Sofía de los Elfos dice que soy mucho mejor que un perro sabueso.

—¡Más nos vale! —dijo mamá. Y ella

y Judy se echaron a reír a carcajadas.

—¡Guau! ¡Guau! —dijo Stink.

—Espero que no seas igual de bueno para meter la nariz en los asuntos ajenos —dijo mamá.

—Bueno, ríanse todo lo que quieran —dijo Stink—, pero esta nariz algún día me hará famoso.

—¡Claro, por supuesto...! ¡Así de famoso como mi codo, que salió en el periódico! —se burló Judy.

—Bueno, no me crean, pero ya verán, algún día, cuando crezca, haré algo importante con mi nariz —dijo Stink—. ¡Una nariz así no se puede desperdiciar! —se miró y admiró frente al espejo, volviendo la cabeza a un lado y al otro, estudiándose la nariz, su mejor rasgo facial.

—¡Podrías trabajar en un circo! —dijo Judy—. ¡Como aquel señor que tenía una nariz de siete pulgadas y media!

—No, me refiero a ser algo así como un olfateador profesional.

—Yo creía que querías ser presidente de tu tienda de dulces.

—Eso era antes de ser La Nariz —dijo Stink.

—¿Y qué pasó con aquello de ser inventor? —preguntó mamá.

—Todavía puedo inventar cosas. Por ejemplo, un despertador que te despierte con diferentes olores.

—¿Es cierto que existen de verdad olfateadores profesionales, mamá? —preguntó Judy.

—Pues mira, no lo sé —dijo mamá—, pero quizá en una fábrica de perfumes los haya, para oler los nuevos productos.

—Vamos a hacer una prueba, Stink —dijo Judy—. Te voy a tapar los ojos con un pañuelo y buscaré cosas que huelan para ver si adivinas qué son. Se llamará "Prueba oficial de Stink 'La Nariz' Moody".

—¡Súper! —dijo Stink. Los dos hermanos se fueron arriba. Judy le tapó los ojos a Stink con un pañuelo bien anudado para que no viera nada. Le puso debajo de la nariz la punta de un lápiz.

—Goma. Huele a lápiz... Ya sé, tiene al final una goma de borrar —dijo Stink.

—¡Guauu! —asintió Judy—. Tomó un plumón de la mesa de Stink.

—Snifff, snifff —olisqueó Stink—. ¡Plumón de olor, rojo!

—¡Hiciste trampa, estás mirando!

—¡No es verdad!

—¡Viste el plumón! ¡Nadie puede oler colores! ¡Ni siquiera el mejor olfateador del mundo!

—¡Yo sí! Mis plumones tienen olores diferentes. El rojo huele a sandía.

Judy le acercó a la nariz un chicle con

forma de osito. Stink olisqueó varias veces. Se detuvo. Olisqueó otra vez.

—Es un chicle.

—¡No! ¡Es un osito de chicle!

—¡Eso es trampa! —protestó Stink.

Judy fue a buscar a su Venus atrapamoscas. Stink olisqueó el aire varias veces.

—¡Carne! —dijo arrugando la nariz.

—¿Cómo sabes? —preguntó Judy—. Las atrapamoscas no huelen.

—Sí huelen, sobre todo si han comido carne cruda. Y también huelen a moscas muertas.

—Bueno, no te muevas. Espérame aquí —Judy corrió escaleras abajo y volvió a subir en un santiamén. Puso otras cosas ante la nariz de Stink, una tras otra.

Liga de Fútbol
Piloto espacial
DARE
STOTT'S Café

—¡Pimienta! —dijo Stink—. ¡Atchússs...! —estornudó—. ¡Café! ¡Uff! Uhmm... ¡Limón! ¡Queso rancio! ¡Pizza caliente!

—¡Estás mirando! ¡No puede ser que adivines todo!

—No estoy mirando, te lo juro por Ranita —dijo Stink.

—Bueno, esta vez no vas a adivinar. ¿Preparado?

—Estoy preparado —dijo Stink, levantando la nariz. Judy le acercó el olor misterioso que iba a desconcertar a Stink.

—¡Guácala! —exclamó él—. Es peor que el olor a tenis. Es peor que el de calcetines sucios. Peor que el olor a zorrillo. ¿Vómito podrido?

—¡Noo!

—¡Popó de búfalo de hace cien años!

—¡Nopi!

—¡Un asqueroso pañal de niño!

—¡NO!

—Es... Snifff, snifff... ¿Huevos de hace cien años podridos y bien podridos?

—¡Stink! ¿Cómo adivinaste que eran huevos viejos y podridos?

—¿Adiviné? ¿De verdad? —Stink se arrancó la venda de los ojos. En el plato de Mouse había algo oscuro y grumoso.

—Son huevos podridos —dijo Judy—. Comida de gato a base de carne y huevos, pero está descompuesta, Mouse ni la probó.

—¡Adiviné, adiviné! ¡Me puedes llamar simplemente "Stink Supernariz"! —

Stink daba brincos de felicidad por toda la habitación. Se moría de risa y Judy con él.

—¿Aprobé el examen de olores, eh?

—Pues sí, lo pasaste con la calificación más alta —concedió Judy—. Puedes estar orgulloso de tu nariz. Desde hoy te llamarás "Stink Supernariz". De ahora en adelante puedes decir que ganaste el "Gran premio oficial de olfateadores de primera categoría" otorgado por Judy Moody.

—¿Cuál es el premio? —preguntó Stink.

—No hay premio —dijo Judy—. Confórmate con saber que eres un magnífico olfateador.

—Pues esto no me huele nada bien.

¿Quién necesita una nariz?

Las serpientes tienen lenguas olfativas.
(O sea, una lengua para oler)

LAS MOSCAS HUELEN CON... ¡LAS PATAS!

Lo creas o no, un pulpo huele con los ojos. Tiene receptores de olor detrás de sus prominentes ojos.

Agua de retrete u Eau de toilette

Stink imprimió una página de su sitio de Internet preferido, "La Ciencia que Apesta", y corrió a enseñársela a su familia.

—¡Atención! —les dijo—. ¿Qué es más alto que un hombre, huele peor que el estiércol y tiene el color de la sangre?

—¿Un elefante pintando un cuadro? —preguntó Judy.

—Fría, fría —dijo Stink.

—¿El "abominable hombre maloliente"? —preguntó Judy—. ¿Frankenstein en día de fiesta?

—Muy fría; sean más creativos —dijo Stink.

—Estoy pensando —dijo mamá.

—Vamos a ver —dijo papá—. ¿Puede ser Papá Noel conduciendo un camión de basura?

—¡No! Les daré una pista. Es algo que a mamá le gusta mucho.

—¿Estás seguro? —preguntó mamá—. No doy. No se me ocurre qué me puede gustar que huela peor que el estiércol.

—¿Se dan por vencidos? ¡Es la "flor fétida"! —exclamó Stink—. La flor que peor huele en el mundo. Lo dice aquí —Stink les mostró la foto a color de una planta bajo la cual se podía leer "*Amorphophallus titanum* o aro gigante".

—¡Qué curioso! —dijo Judy—. Dice que florece pocas veces en su vida y que huele

peor que el pescado podrido de tres días.

—Peor que carne podrida y que calabazas podridas —dijo mamá—. ¡Puf!

—¡Parece que a los insectos les gusta! —dijo papá, que estaba leyendo por encima del hombro de Stink.

—¡Pues que se queden con ella! —contestó mamá.

—Y miren aquí —dijo Stink, señalando el pie de la página—. Dice que científicos de todo el país acuden para tomar muestras de su olor en unos frascos. Mamá, tú tenías razón. Eso es algo que yo podría hacer con mi nariz.

—¿Oler un perfume pestilente? —preguntó Judy.

—No, me refiero a ser un científico —dijo Stink—. Ya sabes, oler flores con olores raros y estudiarlas y todo eso.

—¡Guácala! —dijo Judy—. Aquí dice que durante las primeras diez horas la flor fétida huele peor que una alcantarilla. Peor que un elefante muerto. ¿De verdad quieres pasarte la vida oliendo elefantes muertos, Stink?

—Bueno, un perfume maloliente no me parece una mala idea —dijo Stink.

—Cuando yo era joven usaba "agua de retrete" —dijo mamá.

—Hablo en serio, mamá —dijo Stink.

—No estoy bromeando, lo juro —afirmó mamá—. Se compra en las farmacias. Es perfume rebajado con un poco de agua. Los franceses lo llaman "eau de toilette".

Nosotros lo llamamos "agua de colonia". Pero, ¿sabes cómo se dice retrete en inglés? —preguntó mamá entre risas—. *Toilet* que suena parecido a *toilette*.

—¿O sea que "agua de colonia" en francés suena como "agua de retrete" en inglés? —Stink se reía a carcajadas.

—Más o menos —dijo mamá.

—¿Y quién se va a poner un mal olor a propósito? —preguntó Judy.

—Algunas personas pagarían mucho por un buen olor a retrete —dijo Stink. Y papá no pudo evitar soltar una carcajada.

—Tal vez una persona podría querer ponerse perfume maloliente para espantar a los vampiros —dijo Stink—. O para espantar a sus hermanas mayores.

—Jaa, jaa, jaa, muy gracioso —dijo Judy enojada.

—Todo lo que necesito ahora son algunos elefantes muertos para practicar —dijo Stink.

¡Los asquerosos datos de Stink!
¿CUÁL ES EL PEOR HEDOR?
HUELE COMO UNA ALCANTARILLA Y PARECE CARNE PODRIDA. CONTIENE LOS MISMOS ELEMENTOS QUÍMICOS QUE UN CUERPO MUERTO. FLORECE DURANTE UNOS TRES DÍAS... ES LA FLOR MÁS APESTOSA DEL MUNDO:
¡ES LA FLOR FÉTIDA!
¡AAAG!

Agua de Flor Fétida

El sábado por la mañana, Stink se levantó temprano porque quería empezar enseguida su carrera como científico. Instaló su laboratorio en el fregadero de la cocina. Puso allí unas pinzas, un gotero y una toalla. Colocó en fila sobre la mesa diez frasquitos de condimentos vacíos. Y trajo un frasco entero de agua del retrete... ¡del retrete de verdad!

¡Perfecto!

Sonó el timbre de la puerta.

—¡Hola, Eliz..., digo... Sofía de los Elfos! —saludó Judy—. Pasa. El doctor Franken-stink está en su laboratorio.

¡Stink, llegó tu amiga, la del nombre chistoso!

Stink salió de la cocina. Se había puesto el delantal de mamá y unos guantes verdes de fregar.

—¡Hola, Sofía! —saludó.

—Stink está preparando un perfume maloliente —explicó Judy tapándose la nariz con dos dedos.

—¿Quieres ayudarme? —preguntó Stink.

—¡Claro que sí! —contestó Sofía de los Elfos—. A mí me encanta hacer pociones mágicas y cosas así.

—¡Pociones mágicas! —exclamó Judy—. ¿Como pociones para el amor?

—¡Qué buena idea! —dijo Stink—. A lo mejor podemos hacer una poción mágica que convierta a las hermanas mayores en jabalíes verrugosos.

De regreso a su laboratorio de Frankenstink, Stink juntó todas las cucharas y tazas de medir que tenía su mamá. Sofía mezcló especias y colorantes, y lo revolvió todo muy bien.

—¿Vas a participar en el concurso de tenis apestosos del próximo sábado? —le preguntó a Stink.

—Desde luego —contestó él.

—Yo también —dijo Sofía de los Elfos.

Stink se fijó en los tenis de Sofía de los Elfos. Estaban bastante sucios y gastados. El dedo gordo le asomaba por uno de ellos. Los cordones estaban casi negros y las lengüetas colgaban sucísimas, peor que las orejas de un perro callejero.

—Huelen a pantano —dijo Stink,

aunque estaba seguro de que los suyos ganarían sin duda alguna.

—Bueno, y éste no es mi peor par —se rió Sofía de los Elfos.

—¡Ah...! —exclamó Stink.

—Bueno, lo que es seguro es que uno de los dos ganará —dijo Sofía de los Elfos.

—Sí, y espero que ese uno sea yo —bromeó Stink—. Bueno, añádele agua de retrete —dijo Stink, vertiendo agua del retrete sobre la mezcla. Le echaron también líquido de los pepinillos en vinagre. Y ajo machacado. Y añadieron agua pútrida y verdosa de un florero.

—Asqueroso —dijo Sofía, viendo caer el agua babosa y verde en la mezcla.

—¿Qué más hay por aquí que huela

mal? —preguntó Stink.

—¿Además de ti? —preguntó Judy, que pasaba por la puerta de la cocina.

—¡No molestes! —le gritó Stink.

—Esta mezcla huele mal, pero no se compara con el olor de la "flor fétida" —dijo Stink.

Corrió arriba y volvió rápidamente, trayendo con cuidado un pequeño frasco de cristal marrón.

—¡Comida de sapo! —explicó.

—¿Comida de sapo? ¿De Ranita, tu sapo? ¿Y huele mal? —preguntó Sofía de los Elfos.

—Bueno, la verdad es que son huevos de camarón muertos, de mi caja de ciencias. Ranita ni siquiera quiso probarlos.

Stink sacudió la botellita hasta que la vació completamente. Vertió toda la mezcla en la licuadora y apretó los botones... Mezclar. Batir. Triturar. ¡LICUAR! Stink y Sofía contemplaron el remolino verdoso que se retorcía dentro del vaso de cristal y se iba convirtiendo poco a poco en un repugnante jarabe espumoso.

—¡Ya! ¡Perfecto! —Stink paró inmediatamente la licuadora y contempló su contenido satisfecho.

En un minuto tuvieron alineados sobre la mesa los diez frasquitos llenos de la pestífera mezcla.

—Vamos a ponerles unas etiquetas con sus nombres —dijo Stink—. ¿Qué te parece "Eau de Fleur Pourrie"? Es "Agua de Flor Pútrida" en francés.

—Esencia de Sapo —apuntó Sofía.

—Hedor de Alcantarilla —dijo Stink.

Justo en ese momento, Mouse se coló sigilosamente en la cocina. Olisqueó el

aire, lanzó un lastimero maullido y salió corriendo con el rabo en alto.

Stink le pasó a Sofía de los Elfos el gotero:

—Ayúdame a llenar este frasquito —le pidió. Sofía de los Elfos consiguió atrapar las últimas gotas que quedaban en el vaso de la licuadora y las introdujo con todo cuidado en el frasco. Stink lo cerró bien, enroscándole la tapa. Luego, entre los dos, le ataron un cordoncito alrededor del cuello.

—¿Qué vas a hacer con este apestoso olor? —preguntó Sofía de los Elfos—. ¿Espantar vampiros?

—No. ¡Espantar hermanas! —respondió Stink.

SI QUIERES OLER COMO UN ÁRBOL, TAMBIÉN TENEMOS UN PERFUME PARA ESO... O PARA OLER A CHOCOLATE. Y PARA OLER A... CRÉELO O NO... A ¡CHARCO!

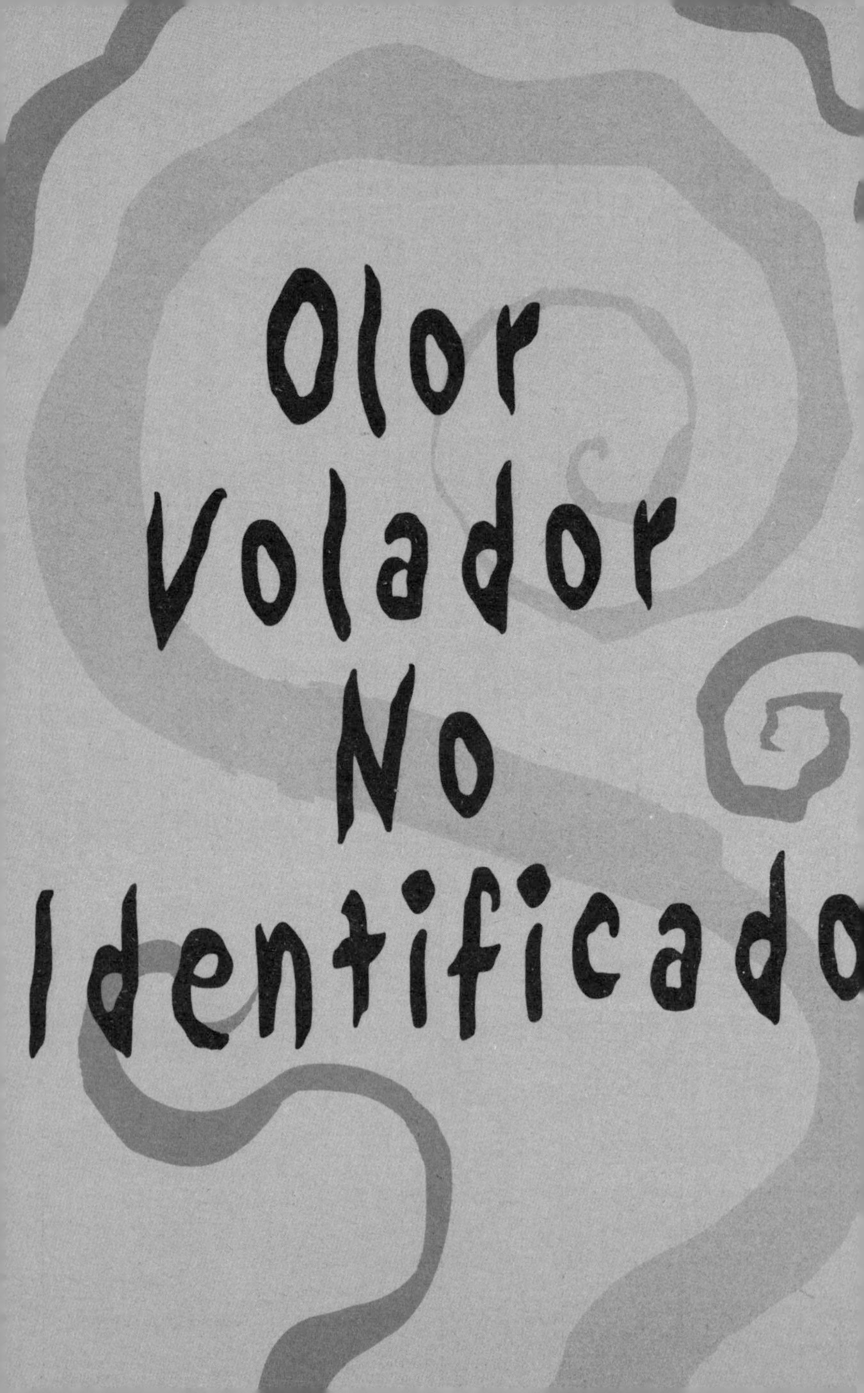
Olor
Volador
No
Identificado

¡Aaajj…! —exclamó Judy cuando entró al cuarto de Stink—. ¿Te echaste alguno de tus perfumes?

—"Algo así" —respondió Stink.

—Pues siento decirte que aquí huele como si escondieras un OVNI debajo de la cama.

—¡Los OVNIS no existen!

—No me refiero a un OVNI, o sea, un Objeto Volador No Identificado de los que vienen de Marte; sino a un "Olor Volador No Identificado". Lo huelo desde mi cuarto.

Stink se quitó los tenis y los tiró debajo de su cama.

—¡Stink, son esos tenis! Toda la casa está invadida por esa horrible peste. ¡Tienes que sacarlos de aquí!

Stink sacó sus tenis al pasillo.

—Eso es peor —dijo Judy—. Puedo olerlos desde arriba de mi litera. ¡Hasta Mouse se aleja asqueada de ese olor!

Stink se acercó a su mesa y garabateó algo en un trozo de papel. Volvió al pasillo y colocó junto a sus tenis un cartel que decía: "¡CUIDADO CON EL TUFO!".

—¡No me parece gracioso! ¡Además, eso no sirve de nada! —protestó Judy apretándose la nariz con dos dedos y poniendo cara de asco.

—¡Pues cierra tu puerta! —le dijo Stink—. ¡Así! —y furioso cerró, de un portazo, la suya.

Stink escuchó a Judy entrar a zancadas en el cuarto de baño. Oyó cómo cerraba de un golpazo la puerta del armario de las medicinas. Y sintió cómo se movía por el corredor.

Stink no podía concentrarse en dibujar sus cómics. No podía leer su enciclopedia *Todo sobre los sapos.* Ni siquiera era capaz de pensar con todo aquel ruido de pasos de aquí para allá y de puertas que se abrían y se cerraban.

Stink abrió la puerta.

Una nube de polvo blanco se le vino encima. Tosió, agitó las manos frente a su cara para librarse de ella. Apenas podía ver a su hermana. Judy tenía polvo blanco en el pelo, en la cara y por todo su cuerpo, hasta en los tenis. Parecía un "merengue humano", una densa nube. Parecía la "abominable niña de las nieves".

—¿Qué es todo este polvo? —preguntó Stink sin dejar de toser. La nube empezó a aclararse. El polvo empezó a bajar hacia el suelo y, entonces, Stink los vio...

—¡NO...! —gritó horrorizado—. ¡Mis tenis! ¡Mis estupendos tenis apestosos!

—No te preocupes —dijo Judy—. El talco los va a arreglar. Absorberá el tufo y ya no van a oler tan mal.

—¡NO...! ¡No! ¿Es que no entiendes?

¡CUIDADO
CON EL TUF

—protestó Stink—. ¡Yo estaba apestándolos a propósito para el "Superconcurso Mundial de los Tenis Más Apestosos de Todos los Tiempos". ¿No lo sabías? ¿Fue que se te olvidó?

—¡Ooh! Lo siento —se disculpó Judy.

Stink no sabía qué hacer. Ahora sus estupendos tenis apestosos ya casi no apestaban nada. Hasta podrían ganar un concurso de ambiente inodoro o de buen olor. Ahora ya no le quedaba ninguna posibilidad de ganarle a Sofía de los Elfos.

—Ve a buscar a mamá —dijo Stink—. ¡Esto es una superapestosa emergencia!

—No te preocupes, Stink. Ni todo el talco del mundo podría hacer que esos tenis huelan bien. ¡Créeme! Te aseguro que huelen peor que antes. Entre dulzón y agrio. ¡Tenis agridulces! Con sólo acercarme un poco a ellos siento náuseas, me dan casi ganas de vomitar —dijo Judy.

—"Casi" no es suficiente para ganar —dijo Stink—. Tienen que dar muchas, muchísimas, infinitas ganas de vomitar.

—¿Por qué no les añadimos un pequeño toque que empeore la peste? —propuso Judy—. Operación "Tenis Pestíferos". Podemos rociarlos con vinagre, ¡con jugo de pepinillos! Podemos dejarlos un rato en el cubo de la basura. O, ¡espera, se me ocurre algo mejor! —Judy chasqueó los dedos—. ¡Podemos utilizar uno de tus pestíferos frasquitos!

—Eso sería como hacer trampa —dijo

Stink—. Las reglas dicen que tienes que "apestarlos" con el uso. El jugo de pepinillos es ilegal, también la basura y el líquido de los frasquitos es, desde luego, contrario a las reglas.

—¿Dicen las reglas algo sobre si la hermana mayor mete la pata?

—¡Las reglas dicen que mejor corras antes de que te alcance! —dijo Stink.

Persiguió a su hermana por todo el pasillo, por dentro y fuera del baño, por las escaleras, por la cocina y alrededor de la mesa, amenazándola todo el tiempo con el frasquito que contenía la poción antihermana mayor.

¡ESPAGUETIS AMBULANTES!

EL TALCO PUEDE ATENUAR EL HEDOR DE LOS TENIS, PERO SI UN ZORRILLO TE APESTA, LA GENTE TE ACONSEJARÁ QUE TOMES UN BAÑO EN SALSA DE TOMATE.

¿FUNCIONA? LA VERDAD ES QUE NO, PERO TU NARIZ, HARTA DEL OLOR A ZORRILLO, EMPEZARÁ A OLER EL TOMATE, Y PUEDE QUE AL FINAL PIENSES

¡QUE ES AÚN PEOR!

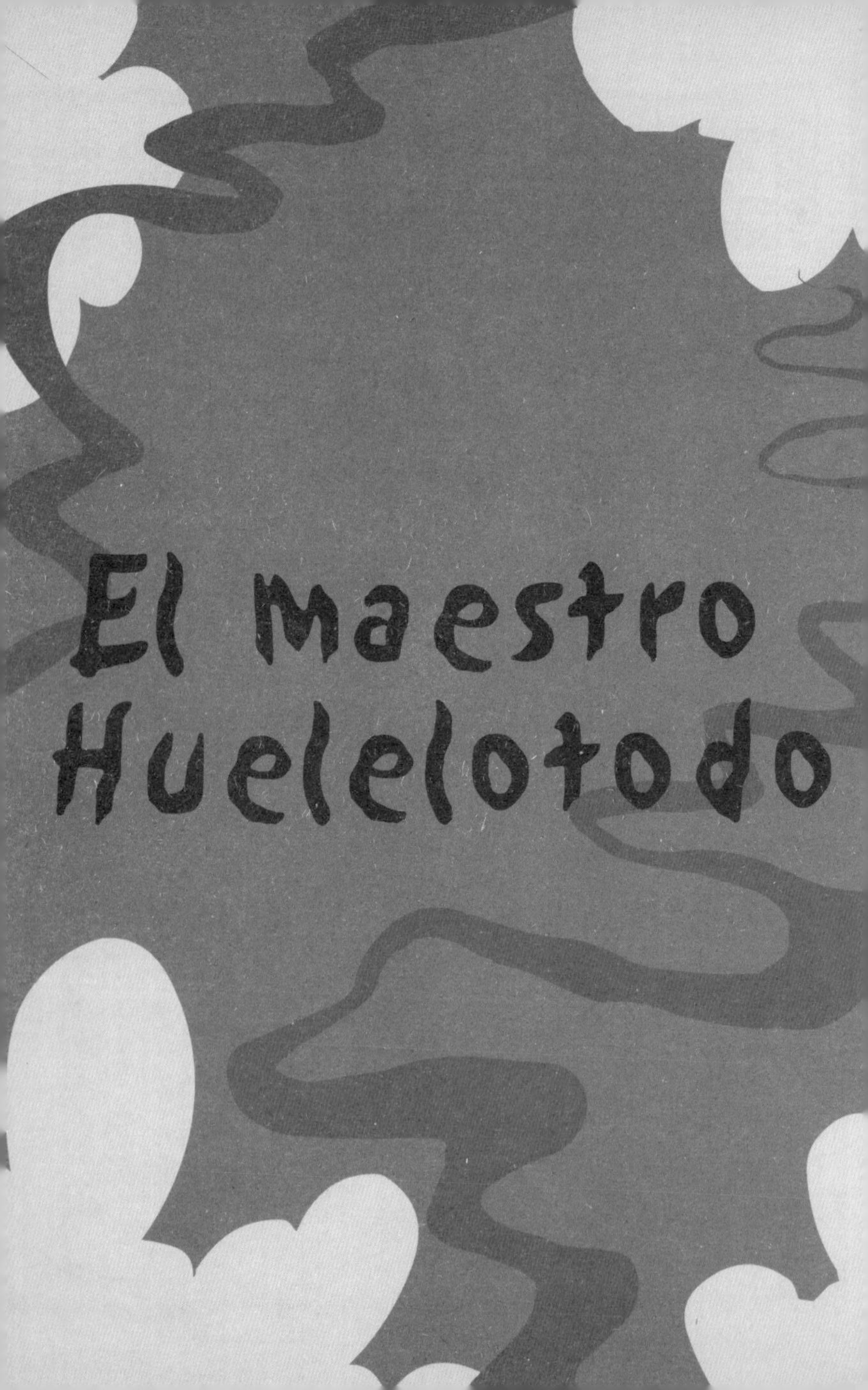
El maestro
Huelelotodo

El sábado siguiente, a Stink lo despertó el más maravilloso de los olores. No era el de panecillos recién horneados. Ni el de tocino friéndose. Era el pestilente, pútrido olor de "tenis apestosos". ¡Fantástico! Sus tenis poseían, otra vez, un olor nauseabundo. Igual al que tenían antes de que su hermana, la "abominable niña de las nieves", los llenara de talco y los hiciera oler a rosas aromáticas.

Stink iba a ganar el "Superconcurso Mundial de los Tenis Más Apestosos de Todos los Tiempos". Sin duda. Aquél iba a ser el gran día. Su momento de triunfo.

¡Su ocasión de brillar y hacerse notar... por el olor!

—¿A qué huele? ¿Qué es ese olor? —preguntó papá a la hora del desayuno—. Espero que Mouse no haya vuelto a meter a la casa algún bicho muerto.

—Es él —dijo Judy señalando a su hermano—. Stink, apestas.

—¿Qué apuestas? —se entusiasmó Stink—. ¿Adivinas? APUESTA.

—Está bien, APUESTO a que APESTAS —contestó Judy.

—Es que Stink va a participar hoy en un concurso de "tenis apestosos" —le explicó mamá a papá.

—¡Ah, muy interesante! —comentó él.

—Mi maestra va a ir también —dijo

Stink—. Me dijo que si iba temprano podría conocer a alguien interesante.

—Quizás sea algún tipo disfrazado de tenis gigante o algo así —dijo Judy.

—Tal vez —dijo Stink.

—Mamá, papá, ¿puedo ir yo también? —preguntó Judy—. Tan sólo para mirar, ¿puedo?

—Iremos todos —decidió papá.

—Bueno, pero haz que Stink ponga los tenis en la cajuela, ¿sí, papá? —pidió Judy.

@ @ @

Cuando Stink llegó al lugar del concurso, Webster y Sofía de los Elfos se acercaron a él corriendo.

—¡No va a haber concurso! —le dijo Webster.

—¿Qué? —exclamó Stink—. ¿Por qué no? ¡Era hoy, seguro!

—Uno de los jueces tiene gripe y no puede oler bien —explicó Sofía de los Elfos—, así que suspendieron el concurso.

—¡No puede ser!

—¡Sí, sí! Eso dijo la maestra Dempster. Yo no iba a concursar, pero lo siento por ti y por Sofía de los Elfos —dijo Webster a su amigo.

Stink no podía creer que tuviera tan hedionda, putrefacta y pestilente mala suerte.

—¡Me puse durante seis días enteros mis tenis! ¡Dormí con ellos, me metí en todos los charcos y pisé toda clase de cosas pestilentes! ¿Y todo para nada?

Justo en ese momento, Stink vio a su maestra.

—¡Maestra Dempster! —la llamó—. ¿Es verdad que no se va a celebrar el concurso de "tenis apestosos"?

—Bueno —dijo la maestra—, quizá encontremos un modo de arreglar este contratiempo.

—¿Cómo? —preguntaron todos.

—Stink, cuando me enteré de que uno de los jueces estaba enfermo, me puse a pensar en quién, de entre nuestros conocidos, poseería el sorprendente e increíble sentido del olfato necesario para sustituirlo. Y claro, inmediatamente

TAQUILLA

pensé en ti, Stink "La Nariz" Moody.

—¡Stink podría ser uno de los jueces! —exclamó Webster.

—¿Tú qué opinas, Stink? —quiso saber la maestra.

—¿Yo, un juez? ¿De verdad? ¿Quiere decir que yo, Stink Moody, puedo ser un real y verdadero olfateador profesional?

—¡Simplemente llámenlo "maestro Huelelotodo"! —bromeó Judy.

¡Los asquerosos datos de Stink!

ESPEJITO, ESPEJITO MÁGICO, ¿CUÁL ES EL OLOR MÁS NAUSEABUNDO DEL MUNDO?

LA ROCIADA DE UN ZORRILLO CONTIENE LOS MISMOS ELEMENTOS QUÍMICOS QUE LOS HUEVOS PODRIDOS, EL AJO Y EL CAFÉ.

LAS CHINCHES HEDIONDAS SON UNOS BICHEJOS DE LO MÁS MALOLIENTES. LANZAN SU ASQUEROSO ESCUPITAJO A 12 PULGADAS DE DISTANCIA. ¡NO ESTÁ NADA MAL PARA ALGUIEN TAN CHIQUITO!

El Gran Premio "Pinza de Oro"

En el centro del parque se levantaba una carpa de circo de rayas blancas y rojas con una pancarta que decía:

—Papá y yo nos vamos a dar una vuelta por ahí, chicos —dijo mamá—. Nos vemos aquí luego.

Stink entró en la carpa. ¡Puaj! Un muro de olor superapestoso casi lo tira de espaldas. Era igual que estar metido dentro de una nube gigante e invisible, un enorme cumulonimbo nauseabundo. Peor que treinta elefantes pútridos. Peor que sesenta flores fétidas. Peor que noventa y nueve botellas de agua de retrete.

Había docenas de tenis hediondos, colocados sobre mesas dispuestas por toda la carpa. Cada uno tenía asignado un número, de forma que nadie podía saber quién era el dueño. Stink sacó sus pestíferos tenis de una bolsa y los puso,

PABELLÓN DEL OLOR
91
92
93
94
95
96
97
98
99
100

muy orgulloso, sobre una de las mesas.

—Serás el número veintisiete —dijo la señora que estaba sentada detrás de la mesa.

—¡Stink! —dijo Judy—. ¡Tus tenis no pueden concursar!

—¿Por qué?

—¿Cómo que por qué? ¿No lo entiendes? ¡Eres un juez ahora! ¡Los jueces no pueden participar en el concurso! ¡Sería como votar por ti mismo para ser presidente!

—¿Y qué?

—Stink, ¿tú crees que estaría bien que yo fuera juez y le diera el premio a mis propios tenis?

—No, creo que no —dijo Stink.

—¿Ves? Si premias tus propios tenis

serías, entonces, un tramposo.

—¿Un tramposo? —Stink arrugó la nariz.

—¡Un grandísimo tramposo! —aseguró Judy.

Justo en ese momento, la maestra Dempster le hizo una seña a Stink para que se acercara a una gran mesa que se encontraba en el fondo de la carpa, tras la cual estaban sentados los jueces: un hombre y una mujer. Junto a ellos había una mesita con cintas azules y rojas colocadas sobre un mantel muy elegante. En el centro destacaba el resplandeciente trofeo: la "Pinza de Oro".

—¿Qué es eso tan extraño? —preguntó susurrando Judy.

—Es el premio —le dijo Stink, tapándose

muy fuerte la nariz con dos dedos y poniendo cara de asco.

—Les presento al nuevo juez —dijo la maestra Dempster a los otros dos jueces—. Es Stink Moody. Y, lo crean o no, tiene una nariz excepcional, tanto que en la escuela le llamamos La Nariz.

Los otros dos jueces se rieron.

—Bueno, ya sólo por haberse ganado ese apodo merece ser aceptado como juez —dijo la jueza, que venía representando a la fábrica de fragancias ambientales Huelelindo—. Gracias, Stink, por ayudarnos.

—Encantado de conocerte. Soy el señor Moore, pero puedes llamarme Steve —dijo el otro juez.

—Stink —dijo la maestra Dempster—, ésta es la persona que quería presentarte. El señor Moore, quiero decir, Steve. Es un olfateador profesional.

—Exacto —corroboró Steve.

—¿Quiere decir que su trabajo consiste en oler, oler cosas? —preguntó Stink.

—Precisamente, ése es mi oficio. Trabajo para la NASA y me llaman "Maestro Olfateador".

—¡A mí me llaman La Nariz! —dijo Stink emocionadísimo—. Cuando sea grande quiero ser un olfateador profesional; pero mi hermana dice que...

—¿Qué tipo de cosas son las que usted huele? —le preguntó Judy a Steve.

—Todo lo que va al espacio pasa antes por mi nariz. Si tiene un olor fuerte no puede ir a bordo de la nave espacial. Allá arriba no se pueden abrir las ventanillas para ventilar. No se imaginan la cantidad de cosas que no pasan el control del olor.

—¿De verdad? ¿Como cuáles? —preguntó Stink.

—Pues carretes de fotos, plumones de punta de fieltro, los peluches...

—¡Lo siento, Stink! —dijo Judy—. No podrías viajar al espacio. No te dejarían llevar a tu osito.

—¡Qué graciosa! —se enfadó Stink. Steve, el olfateador, se rió a carcajadas.

—¿Qué hay que hacer para ser un buen olfateador profesional? —preguntó Stink—. ¿Hace falta ser alto? Porque yo soy bajo.

—No, pero no puedes tener alergias —dijo Steve—. Tienes que ser muy bueno percibiendo olores, por ejemplo, el olor de un auto nuevo. Y además, tienes que estar dispuesto a olfatear malos olores, incluso un pañal sucio.

Stink asintió con la cabeza repetidamente, hacia arriba y hacia abajo, como un perrito de esos que llevan algunos autos en la ventanilla trasera.

—He olfateado un museo maloliente entero —le dijo.

—Y, naturalmente, tienes que pasar un examen. Cada pocos meses yo tengo que pasar el examen de las diez botellas.

—¡Yo llené diez frasquitos con mi propia pestilente agua de retrete! —dijo Stink—. Pregúntele a mi hermana.

—Yo olfateo olores de una botella y tengo que adivinar qué es —dijo Steve—. Y me evalúan en una escala olfativa de cero a cuatro. Nada que sea mayor a 2.4 en la escala olfativa pasa la prueba. Es parecido a lo que vamos a hacer hoy.

—Bueno, yo pasé la "Prueba oficial

de Stink 'La Nariz' Moody" que me hizo mi hermana —le dijo Stink a Steve.

—¡Estupendo! —aprobó Steve—. Parece que tienes muchas probabilidades de llegar a ser un maestro olfateador.

—Me gustaría poder olfatear un día una flor fétida.

—¡Ah, esas flores fétidas son algo verdaderamente chocante! —dijo Steve—.

En una ocasión volé a Inglaterra sólo para poder olfatear un ejemplar que había en los Jardines Reales.

—¡Guauuu...! ¡Qué suerte! —Stink hubiera querido seguir escuchándolo, pero el concurso estaba por comenzar.

Stink se acercó rápidamente a los pestilentes tenis marcados con el número veintisiete. No tuvo más remedio que admitir que Judy tenía razón. Presentar sus propios tenis no sería juego limpio. Él, Stink Moody, no quería ser el "tramposo vencedor" del "Superconcurso Mundial de los Tenis Más Apestosos de Todos los Tiempos".

Stink le devolvió el número a la señora de la mesa.

—Ya no voy a participar en el concurso —le explicó—. Ahora soy juez.

Stink había decidido no hacer trampa. Ahora era oficialmente un "aprendiz de olfateador". Y un aprendiz de olfateador oficial no podía comportarse como un tramposo cualquiera.

¡EL CAPITÁN PAÑALES!

LO CREAS O NO, LOS ASTRONAUTAS LLEVAN PAÑALES EN SUS PASEOS ESPACIALES. LOS MAESTROS OLFATEADORES TIENEN QUE OLER LOS PAÑALES (¡LIMPIOS!) ANTES DE QUE SALGAN AL ESPACIO.

OTRAS COSAS CURIOSAS QUE HAN TENIDO QUE OLFATEAR: PINTURA, ESPUMA DE AFEITAR, TENIS, UNA GUITARRA, UN MUÑECO BARNEY, EL MAQUILLAJE DE SALLY RIDE (NO PASÓ LA INSPECCIÓN).

El superconcurso superapestoso

¡Que empiece el olisqueo! —dijo la jueza que dirigía el concurso. Y le pasó a Stink una planilla para que anotara sus observaciones. El chico se tomó su olfateo muy en serio. Caminó para arriba y para abajo entre hileras e hileras de tenis viejos, tenis rotos, tenis pestilentemente olorosos. Olfateando por aquí, olisqueando por allá. Oliendo, oliendo y oliendo sin parar.

Stink iba calificando cada par en la escala olfativa del cero al cuatro. Escribió notas como: "huele a pantano", "peor que un zorrillo muerto" y "triple guácala". Y durante todo el tiempo no dejó de preguntarse cuál sería el par de Sofía de los Elfos.

—Oye, déjame darte un consejo —le dijo Steve, el olfateador, tendiéndole un pañuelo de papel—. Ponte el pañuelo en la nariz entre olisqueo y olisqueo. Así, tu sentido del olfato descansará.

—¡Gracias! —dijo Stink. ¡Guau!, un consejo de todo un maestro huelelotodo. Stink se hinchó de puro orgullo. Olfateó el siguiente par.

—¿A qué te huele? —preguntó Steve.

—A pies —dijo Stink. Utilizó el pañuelo de papel y olió de nuevo los tenis.

—¿A qué más? —preguntó Steve.

—A talco. A alfombra vieja. Quizá a queso rancio.

ZONA DE
JUECES
NASA
64

—¡Bravo! —aprobó Steve—. Queso rancio, eso es exactamente lo que me pareció a mí.

Stink olió unos cuantos tenis más. No podía dejar de pensar que los suyos seguían pareciéndole los más pestilentes y que él podría haber ganado la "Pinza de Oro". Y lo siguió pensando hasta que llegó al apestoso par número trece.

Stink se inclinó y olió profundamente.

¡Guácala...! ¡Puaj...! Se le bizquearon los ojos; arrugó la nariz; se le acalambró la lengua.

El par número trece olía peor que una caballeriza llena de murciélagos. Peor que un sótano lleno de ratas. ¡El número trece hedía peor que los orines de trescientos gatos juntos!

Los olfateó una vez más. Luego, usó el pañuelo limpio de Steve, el olfateador. Después, olisqueó el par número trece otra vez. Sus propios tenis jamás llegarían a tener el olor de estos; ni aunque les echara toda el agua de retrete del mundo.

Stink Moody, juez y aprendiz de olfateador oficial, había encontrado al ganador. Sentía náuseas, mareo, estaba a punto de vomitar...

—¡Buafff, qué hediondez! —

dijo la jueza cuando se acercó al número trece—. ¡No te acerques, Steve! Creo que voy a desmayarme.

—Verdaderamente, ésta es la quintaesencia de la pestilencia —dijo el maestro olfateador.

—Huevos podridos —dijo la jueza.

—Cabello chamuscado —opinó Steve.

—Pipí de gato —dijo Stink—. Y gusanos podridos.

—Realmente tienes una nariz excepcional —afirmó el maestro—. Muy pocos hubieran sido capaces de percibir la fetidez de los gusanos podridos.

—Esto es peor que el queso azul podrido —dijo la jueza.

—¡Peor que el C_4H_9SeH! —dijo Steve.

—¿Qué es eso? —preguntó Stink.

—Olor a zorrillo —dijo Steve. Y Stink se echó a reír.

Stink ya estaba seguro. Aquellos tenis iban a ganar sin ninguna duda. Su hedor era un número diez en la escala de cero a cuatro de la "malolencia". Ningún otro mal olor del mundo podría ganarle a aquel número uno de todos los malos olores hediondos de la historia, que era el par número trece.

@ @ @

Stink escribió su puntuación. Luego, entregó su planilla, y se contaron todos los puntos.

Y por fin, llegó el momento. El momento de anunciar al ganador del "Superconcurso Mundial de los Tenis Más Apestosos de Todos los Tiempos".

El maestro Steve se aproximó tímidamente al micrófono.

—¡Atención, atención, por favor...!

NASA
GANADOR

Todos se reunieron a su alrededor y escucharon con atención.

No se oía ni el zumbido de un mosquito.

—Nos es muy grato anunciar a los ganadores del décimo Superconcurso Mundial de los Tenis Más Apestosos de Todos los Tiempos. El de este año ha sido un concurso muy reñido. Todos los tenis participantes son una verdadera muestra de fetidez. Tenemos ya decidido el segundo y tercer lugar: el número seis y el número treinta y siete. Por favor, que suban al pódium.

—Número seis —dijo, dándole al dueño de los tenis una cinta roja—, tus zapatos huelen peor que el aliento de un perro. Felicidades, y por favor, llévatelos ya, de inmediato, bien lejos de aquí.

—Número treinta y siete —dijo Steve, entregándole otra cinta roja a otro niño—, tu par hizo que un estercolero nos pareciera perfume francés. Felicidades.

Todos aplaudieron y lanzaron vítores.

Stink se moría de impaciencia esperando el número del ganador, aquél cuyos tenis merecían el primer premio, la "Pinza de Oro".

—Y ahora, ha llegado el momento que todos hemos esperado. Hay un par de tenis al que todos los jueces le han dado la puntuación máxima de 4+++. El ganador del gran premio es... ¡ta-ta-ta-tá...! ¡El número trece! ¿Quién tiene el número trece? Por favor, que se acerque a la mesa de los jueces para recibir su merecido premio.

—¿Trece? ¿Dijo trece? ¡Soy yo! —gritó Sofía de los Elfos y se acercó a toda prisa a la mesa de los jueces.

—¡No puedo creerlo! ¿De verdad gané? —preguntó—. Stink, ¿cómo supiste que esos eran los míos?

—¡No sabía! ¡De verdad! Nunca había olido esos tenis en mi vida.

—Ganaron honrada e imparcialmente —dijo Steve—. Percibimos todos los olores en esos tenis, desde gusanos podridos hasta olor a zorrillo.

—¡Eres estupenda, Sofía de los Elfos! —dijo Webster.

—Acércate aquí, jovencita —dijo

NASA

Steve, el olfateador —. Por tener los tenis más malolientes de todos los tiempos, te entrego el premio "Pinza de Oro", un certificado para un par de tenis nuevos y "bienolientes" y, además, un pase gratis para dos personas en una visita guiada por la fábrica de perfumes ambientales Huelelindo.

—¡Muchas gracias! —exclamó Sofía de los Elfos levantando su trofeo.

Un montón de gente aplaudía y le lanzaba vítores. Un reportero tomaba fotografías.

—Dinos, Sofía de los Elfos —preguntó Steve, el olfateador—, ¿cuál es tu secreto? ¿Cómo conseguiste que tus tenis olieran tan mal?

—Es muy sencillo —explicó orgullosa Sofía de los Elfos—. No usé calcetines. Y cuando me bañaba, mantenía los pies fuera de la bañera para no lavármelos nunca. Éste es mi secreto, y nunca falla.

—¡Pufff...! —dijo Steve—. ¡Felicidades, jovencita! Tus tenis pueden figurar en una vitrina en el "Museo de los Hedores" de tu comunidad, donde espero que se puedan ver, pero no oler.

—¿Me da su autógrafo? —pidió Sofía de los Elfos.

—¡Claro! —dijo Steve.

—¡A mí también! —pidió Stink—. ¡En los tenis!

El Maestro Olfateador firmó en los tenis apestosos de Stink.

NASA

¡BUAJ!

Escribió: "De un Maestro Olfateador para otro, Steve".

—No voy a lavar estos tenis jamás de los jamases —dijo Stink.

¡Los ASQUEROSOS datos de Stink!

¡FESTIVAL DE LOS TENIS!

SUPER APESTOSO

TODOS LOS AÑOS SE CELEBRA EL FESTIVAL DE TENIS PODRIDOS EN VERMONT, EE.UU.

UN AÑO, EL GANADOR PRESENTÓ UN TENIS QUE HIZO QUE UN JUEZ SE DESMAYARA, OTRO HUYERA Y EL TERCERO CASI MURIERA.

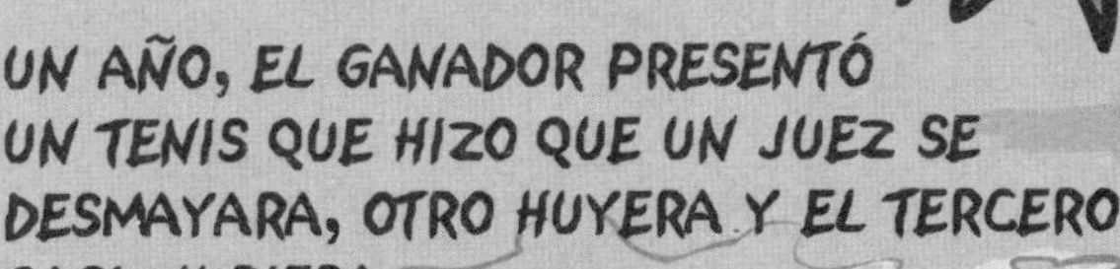

¡MENOS MAL QUE EL PREMIO ERA UN PAR DE TENIS NUEVOS!

Stink Super-apeStink

Después del concurso, Sofía de los Elfos y Webster fueron a casa de Stink a comer pizza. Sofía de los Elfos les prestó su trofeo a todos, para que pudieran tocarlo y admirarlo de cerca.

—¿No estás enojado por lo del concurso? —le preguntó Sofía de los Elfos a Stink—. Yo sé cuántas ganas tenías de ganar la "Pinza de Oro".

—Eso era antes —dijo Stink—. Antes de saber que mi amiga *ganadora de la Pinza de Oro* me va a llevar a la fábrica de perfumes ambientales Huelelindo.

Sofía se rió.

—Y antes de conocer al Maestro Olfateador en persona y de convertirme durante todo un día en un aprendiz de olfateador —añadió Stink—. Él mismo me confirmó que verdaderamente soy "La Nariz". ¿Qué puede ser mejor que eso? Y, como si fuera poco, tengo algo mucho más apestoso que la "Pinza de Oro".

—¿Qué es? —quiso saber Sofía.

—Déjanos olerlo —dijo Webster.

—No puedo. Nunca de los nuncas —dijo Stink mientras acariciaba un frasquito que llevaba colgado del cuello—. Aquí hay algo peor que un olor fétido. Mucho peor que el C_4H_9SeH, o sea, el olor a zorrillo. Es lo más apestoso de todas las pestes pestíferas y pestilentes —Stink les acercó el frasquito abierto a la nariz.

—¡Puaj! —Webster corrió hacia la ventana. A Sofía de los Elfos se le llenaron los ojos de lágrimas.

—¡Ésta es la verdadera y genuina "Agua de Flor Fétida"! El Maestro Olfateador pasó por Washington, D.C. antes de venir al concurso y tuvo la oportunidad de oler una flor fétida verdadera. Un ejemplar rarísimo. Y le permitieron tomar muestras científicas. En este frasquito hay una gota de la superesencia de la flor fétida. De verdad verdadera.

—¿Piensas llevar siempre contigo ese frasquito? —preguntó Webster.

—¡Siempre! —aseguró Stink.

—Te llamarán "Stink SuperapeStink"

Petruzziello's
PIZZA
pedazos de cielo
S
P

—dijo Sofía de los Elfos muerta de la risa.

—Bueno, también pueden llamarte a ti "Sofía de los Hedores" —le replicó Stink.

—¡Eh, no es justo! Si tú vas a ser "Stink SuperapeStink" y ella, "Sofía de los Hedores", yo también quiero un nombre aromático.

—Bueno, déjame pensar... ¿Qué te parece el "Tufo Viviente"?

—¡Estupendo, me gusta mucho! —dijo encantado el "Tufo Viviente".

—Ahora todos tus amigos tienen nombres olorosos —dijo Judy.

—Sí, pero "Stink SuperapeStink" es el mejor de todos —dijo "Sofía de los Hedores".

—La verdad es que se lo merece —dijo Judy—. Stink ha olido bastante feo desde que era bebé. Yo lo recuerdo.

—¿De verdad? —preguntó "Sofía de los Hedores".

—Sí, sí, me acuerdo muy bien. Una vez, papá lo sacó de la cuna, arrugó la nariz, lo apartó de su cuerpo y le dijo a mamá: "Oye, este niño apesta". Mamá se rió y se llevó al bebé para cambiarle el pañal y...

—Bueno, no nos cuentes más —dijo Webster, el "Tufo Viviente".

—Si se quiere llegar a ser maestro olfateador hay que oler hasta pañales sucios —dijo Stink—. Eso nos dijo el maestro Steve.

—Muy bien, maestro "Maloliente Huelelotodo" —dijo Judy—. Pues es verdad verdadera que de bebé olías espantosamente mal. Así que yo inventé una canción para ti que dice así...

—¡No la cantes! —gritó Stink tapándose los oídos.

—¡Cántala! —pidieron al mismo tiempo Sofía y Webster.

Mi hermano Stink apesta
por la noche y la mañana
y mamá lo lava y lava
pero no sirve de nada.
¡A que no, a que sí!
¡A que el niño huele a pipí!
Y no sirve que lo cambien,
que lo laven con jabón.
Porque el niño sigue oliendo
a popó de dragón.

"Sofía de los Hedores" y el "Tufo Viviente" repitieron, muertos de risa, el último verso. Sofía lloraba y lloraba de pura risa. Y Webster se retorcía y rodaba por el suelo apretándose la panza.

—Como ven, eso de "Stink Super apeStink" le queda perfecto —dijo Judy.

—¿Te crees muy simpática por haber contado y cantado todo esto? —se enojó Stink.

—A mí me pareció una canción muy graciosa —opinó "Sofía de los Hedores".

—A mí también —dijo el "Tufo Viviente".

Stink terminó riéndose también con ellos. Estaba contento porque hoy había aprendido que la vida y los amigos

POP

pueden tener un nuevo aroma.

Esa noche, cuando Stink se estaba quedando dormido, vio flores fétidas danzando alegremente. Stink Super apeStink, Stink "La Nariz" Moody, sin duda alguna se estaba convirtiendo en todo un "olfateador profesional *junior*".

LA AUTORA

Megan McDonald es la galardonada autora de la serie Judy Moody. Cuenta que un día que visitaba una escuela, al entrar en una clase, los niños comenzaron a gritar: "¡Viva Stink!". En ese momento se dio cuenta de que tenía que escribir un libro en el que el protagonista fuera Stink. Megan McDonald vive con su esposo en Sebastopol, California.

EL ILUSTRADOR

Peter H. Reynolds es el ilustrador de todos los libros de la serie Judy Moody. Dice que Stink le recuerda a sí mismo cuando era pequeño, siempre luchando con una hermana mandona que se burlaba continuamente de él, y esforzándose para estar a su altura. Peter H. Reynolds reside en Massachusetts, al final de la calle donde también vive su hermano gemelo.